待ち伏せる明日

田中眞由美

思潮社

待ち伏せる明日

田中眞由美

思潮社

待ち伏せる明日　田中眞由美

目次

カバー作品＝著者「and then」
装幀＝思潮社装幀室

待ち伏せる明日

I

待ち伏せる明日

〈明るい〉が溢れかえり
ベルトコンベアーで運ばれてくる毎日
ゆりかごの中で思考を眠らせて
まどろんだままで一日が仕舞われる
意識不明に置き去りにされる日々

気を失ったまま〈明るい〉に飼いならされて
こっそり紛れた置石に躓き
忘れたころ突然に

ゆりかごからころげ落ちる

その途端に隠れていた〈暗い〉が
黒をまき散らし躍り出て
コンベアーのベルトを止めたから
その日はそこで止まったまま
前にも後にも動かない

ベルトの上を歩いていけと
〈暗い〉が笑いながらそそのかすけれど
寝てばかりいた〈明るい〉の日々に
視力も筋肉も退化して
最初の一歩がふみ出せない

生き生きした〈暗い〉と
こわばった〈明るい〉が
黒のなかの互いをさぐりあっている

非日常の日

未明の事象は
暗いしじまのなかを
強い風に乗って
暮しのなかに
気づかれず
もぐりこんでいた

その日からは
ほんとうは

非日常の日だったというのに

数日後の雨の
洗い落とした〈もの〉が
濃縮された禍々しい姿を現す
幼いものの命が試されて
心に闇を広げていく

その日からは
ほんとうは
非日常の日だったというのに

めるとだうんは
事象という言葉に溶けて

二ヶ月も生きのびた

過ぎゆく時の速さに
意識は反比例して
増える危険が薄められていく

非日常が
日常と
入れ換わる

かくれんぼ

隠れじょうずなものは
一瞬で
どこまでも　逃げた

そっと
肺胞にかくれた　もの
食道からはいりこんだ　もの

何げない顔で

すこしずつ忍びこんだものが
姿を見せ始める

目をむき
目を凝らして
隠れたものを　探す

　だいじょうぶ
　だいじょうぶ
　ただちには影響はありません

オウムがえしに
火消しの御題目は唱えられるけれど
積るものの総体は増えるばかりで

ご利益なんて　現れない

〈ホットスポット〉なんて
ポップな名をつけられて
そこではイベントでも開かれそう

隠そうとする者と
見破ろうとする者が
繰り広げる鬼ごっこがつづいて

安全印の危険区域に隠れたものは
遥かな地に逃れ
存在宣言を　する

やっぱり
見つけてもらわなくちゃ
〈かくれんぼ〉は終れないもの

汚れたままのバトン

泥だらけの春が
繰り返す揺れのなかに
座り込んでいた

くらい　すーぱーまーけっと
くるまのいない　がそりんすたんど
でんしゃがとうちゃくしない　えき
くろい　しんごうき
つながらない　でんわ

それでも暮しがある場所にいて
節電のなかでも
切ることができずにいたテレビが
何を　伝えなかったか

突然の闇が
発光していた島を覆いつくしたとき
黒い家のシルエットのなかで
ほんのり揺れているロウソク
そこだけが温かいことに
今さらのように気づかされる

闇の怖さを逃れるために

造り続けた〈光〉の逆襲は
こころ　も　からだ　も犯す
毒を放つこと

うりきれる　みず
うりきれる　がそりん
うごかない　でんしゃ
うごけない　ひと
しらされない　じじつ

汚れているはずのものが
見えない

泥だらけの春は

洗うことができないまま
汚れたバトンを
夏に渡そうとしている

隠された罅

Ⅰ

罅われたものは
罅われたまま
そこにあり
忘れられた痛みは
少しずつ確かにひろがっていく

〈あの日〉は

日常のなかに溶け込んで
薄められていったから
鏬われたものを
幾度となく踏みつけても
その危うさを
見開いたはずの眼は見なかった

あれからも震え続ける大地が
間違いなく闇をひろげる　明日

鏬は
深く広く連帯し
神話を喰いつくす

列島に点在するモノが
領空を繋げ
列島の退路を断つが
それでも止められない意志が
推し進める未来は
黒い雨に
降り込められていく

II

〈あの日〉が刻んださまざまな紋様は
アトランダムな線の組み合わせで
幾本もの浅いもの深いものが
危うさを見せつけていた

一年の時が
紋様の半分ほどを隠す
きれいな色のペンキはすぐに塗られた
隠したのは
きれい好きな経営者
罅は見せてはならないもので

鋳は消えたわけではない
流れ込むペンキ貼りつけられたパネルタイル

隠された鋳は
地球が震えるたび
軋んで闇をひろげる
紋様は複雑化して
見えないものの逆襲は
静かに進行する

目隠しをされたまま
住むひとは
それぞれの箱のなかで
見えないあしたを

生きる

下と上のはなし

下の方に置いてはいけないものを
下の方に置いてしまった

神様のはなしは
上の方のはなしで実際には起きないはなし
村人のはなしは
下の方のはなしで暮しに必要なはなし
神様のはなしなんか信じて
みんな暮せなくなった

それなのに
上の方に置けばそれだけでいいのだと
神様は言いだした
しっかり見張れば大丈夫だと
村人も言い始めた

下の方ではマグマが熱くなって
時々赤い川となり溢れでる
上の方からは薄められたものが
雨に紛れてひっそり海に流れでる

神様のはなしは絵空事だと
もう知ってしまったのに

忘れたふりして神様と暮すの？

神様はあの日の光で視力を失ったのか
天の国までは禍は及ばないと思っているのか
背に腹をかえられないと
村人は未来を売り渡している

あの日全部止まったモノが
いままた動き始めた

その子

「有機物のスープ」の海を漂ったものを
一目みたくて金魚鉢に水を満たし
毎日ゆすった

波打ち際から生まれるものに会いたくて
毎日毎日　金魚鉢をゆすった

きれいな水は　きらきらゆらり
その子の心も溶かすと

不透明になって「有機物のスープ」になる
〈コアセルベート〉と
すれ違った不透明な母の名を呼ぶ

偶然そこに在る　命
降り立った命は宇宙が蒔いた　種
たったひとつの
名づけられたものとなる

最初の種に会いたいものは
古代ギリシャの潜水夫となり
ほの暗いどろどろの原始の海にもぐり
視界を遮るスープに孤独な問いをくりかえす

ありすとてれす　だーうぃん　へっける
それから……

〈あの日〉の後の未来は
菌類　土壌細菌　植物たち
放射線降り注ぐ地球と共生するものだけが
生き延びてゆく

生きることに　寡黙なものたちと
その子は出会う

風化

風になって運びさられるもの

けっして消えないものが
見えないと無いものにされる
見えないけれど風とともに流れだしても
見ないふりをされる

従順は右をといえば右をむいてみるし左をと
いえば左をむいてみるみんな一緒に幸せにな

るんだなんて言葉をほんとに信じている　だ
れもがスポットライトを浴びるようになると
言われて夢見ごこちの日々が始まったけれど

ほんとうは　誰かを輝かせるためにその他み
んながいて　まわりも少しは得をする仕組み
いまこそ力を見せて　一気に寄せつけない立
場にたつ夢　夢のためなら決して無くならな
いゴミを作るモノだって　平気で売りに出す

清掃は済みました　きれいになりましたので
どうぞ遊びにいらしてください　つくり笑顔
で危険ゾーンに従順をもどし安全印を張り付
けるが　食物連鎖のくさりはじきに禍々しい

姿を見せつける見えないものが審らかになる

見えないものが姿を現した時
みんなで見えないふりをするのだろうか
見えないふりをされるひとたちは
自分を見えないふりはできない

風が運びきれない重いものたちが姿を見せる

Ⅱ

転写《コピー》

わたしは　ニセモノ
気づかないまま大きくなった

全部同じかあさんから
コピーされた雌ばかりの姉さん妹たち
欲しいのは　かあさん　だった

優良なかあさんの　お腹の皮膚
それがわたしの　本当のかあさん

皮膚の体細胞の「核」は
受精卵の「核」とすりかえられて
受精してないから命じゃないと　捨てられた
代理母の雌牛の仔　すりかわった　わたし

かあさんには　雄牛だってなれる
ひとつの卵から分かれた
自己複製プラスミド　一卵性多子
みんなみんな
かあさんそのもののわたしたち

わたしは　ニセモノ　クローン牛A
わたしを食べるのは　あなた

入れかわる

しずかに　しずかに
変質する　もの
命を繋ぐために
気づかれることなく
入れ代わっていくもの
そして
すこしずつ　入れ代われなくなり
老いていったもの

望みは「死」に追いつかれないこと
科学の命綱すがりつづけて
そして　見つけた

「細胞膜」という命をつつむ膜に抱かれた
何にでも進化できる
最小の単位「ｉＰＳ細胞」
倫理の壁をとうとう飛び越え
創り出された希望

学会では
《山中伸弥に熱狂》《シンヤにネッキョウ》
炎上はつづく

加速する要求に
摑まえられた細胞は
スポットライトの中で踊りつづけ
世界中でいじられる

体細胞ＤＮＡ塩基配列〈シークエンス〉を
刻み　覗きつづける熱心な眼差しは
大鍋に遺伝子を入れかき回し
リプログラミング初期化して万能にする
思いどおりの細胞ができる日も近い

時がくれば
しずかに　しずかに
消滅することを願っていたはずなのに

いたいのはいや
ねむれないのはいや
こわいのはいや
ほろびるのは　もっといや

全能性テロメア
育ち始めた魔法の細胞が
ゆりかごの中で揺られている
未来を覗き込む眼差しの多さに
ときどき　眼を覚ましながら

はやく　はやく
もう　じかんがない

組みかえる

組みかえる
組みかえない
組みかえた手は　いつしか外れて

熱帯雨林をなぎ倒し
兄弟の畑が広がる大陸
求めるひとが　いるから
一族の　繁栄がある
求めるひとの素性なんて

わたしたちは知らない

見つかりっこない
うまく　潜りこんでいるもの
秘密を隠す仕組まれたネットワークは
用意周到に法の目をくぐり　足跡を消す
出生地は伏せられて売られるわたし

お呪《まじな》いは世界中を虜にする……

大量生産可能で手間なし
虫はつきにくく　病気になりにくい
農場経営には魔法の小麦が一番のお勧め

棚の上に　外れた手が忙しく並べる商品たち

薄力粉　強力粉　てんぷら粉　ポタージュ……
出身地不明　混入物不明　正体不明　記述不要
ね、あなたにわたしを見つけられる?

あなたの地に　わたしたちを呼んで
きっとあなたは　幸せになれる
なにも考えずに　成功できる

組みかえる
組みかえられた　一族
世界に　名を　馳せるもの

トウキョウ「X」　人類の果てしない欲望の物語

その家の入口にはＳＰが張りつき　能力分析
試行錯誤の　ばっくあっぷ　ばっくあっぷ　高
度な連続業《わざ》に守られる　安全追跡〈とれーさび
りてぃ〉せきゅりてぃは万全に張り巡らされて

家系図は　家柄のあかし
一点の曇りもなく
ちちははが語られる
バークシャー　デュロック　北京黒豚

五代目の私　トウキョウ「X」

まばゆい人工光線の下　動物性たんぱく質禁止
ぽすとはーべすとふりーの無農薬天然菜食主義
は貫かれ　適度な遊びも取り入れられて環境良
好　すとれす回避　至れり尽くせりに管理され

薬師手ずからのまかないには糸目をつけぬ
病《やまい》遠ざけ見目麗しい極めつけのお品書き
かはたれ時は　秤の上の我が立ち姿に
思いびとはあまた　われ先に殺到しては
うっとり眼でわが身を嘗め回す

科学の関与はすべて許さず　遺伝子組み換えも

っての他　口に入れるは農薬抜き　手間暇かけた特別栽培の物ばかり　添加物　抗生物質　抗菌剤　すべて混入禁止の天子廟の特注メニュー

病を得ては　冬虫夏草　どくだみ　よもぎ
漢方医学の処方箋がとどき
深層の姫は静かに眠り　ひたすら眠り
眠った生命《いのち》の力　免疫力を蘇らせる

自らの肌で感じるたのしみ　太陽も大地も小川にも触れることなく　ひとつの種の飽食の喜びのためだけに生かされ　極限の追求のすえに差し出される　高価な無垢の　命がある

追跡レポート　Ｔ大学
生産生物生産技術科学家畜生産ぐるーぷ
緊急プロジェクト
「安全・安心でおいしい豚肉を」
協力　八王子市　Ｓ農場

販売名　幻の豚肉ＴＯＫＹＯＸ
日本養豚協会平成九年初登録
楽天広場
食べつくしセット（１．６kg）　１００００円
ローススライス（１００g）　１２００円
しゃぶしゃぶセット（８００g）　５９８０円

退職の日

わたくしにも
退職の日が来るなんて
ちっとも知りませんでしたのに
このたび　解雇を言いわたされました

わたくしが
寒い冬や　インフルエンザの恐怖も
例年どおりやっと乗り越えた　春の日
その日　五五〇日目を迎え

突然　朝のお勤めが出来なくなりました
声を張り上げても張り上げても
ノルマは達成されずに力ばかりはいる
そんな日がひと月
ご主人様がお決めになったのです

そういえば昨日は
いつもと違いわたくしを気遣い
身体のあちこちをマッサージしてくださって
　年だから少し固いが
ミンチやスープ　動物園へも
まだまだ商品価値はある
〈ハイケイ〉は絶対国産だから
偽装も疑われない

とつぶやいていたことが
少し気にはなっているのですが

見回すと
同期の職場の仲間たちもグループに分けられ
集められています
「養鶏所」と書かれたトラックに乗って
次の職場「処理場」というところへ行くそうです

首には
「廃鶏」という勲章が
架けられています

飛んでいった

北の半島のさき
　告発の罠が待ちうける

かすみ網に捕まったのは　わたし
嘴の曲がった　名はヒタキ
生まれてから　嘴は少しずつ曲がっていった

冬をやり過ごした田の畔でついばんだ
飛蝗や蜘蛛草の実落穂に入り込み

ひそやかに蓄積したものが
わたしの中で芽をだして
わたしの身体を変えてしまった
田を守るため　繰り返し撒かれたものは
母の中に降り積もり　わたしが引き受けた罰

こんなに互い違いに曲がった嘴では
啄むことは苦行になる
嘴の繰り広げるアクロバットに
間をすり抜けていく草の実
だから　空腹が友だち
他の子みたいに大きくなれない

たどり着けなかった幼い死を従え

飛んできた数の伝える真実
認識番号を付けられ放されて
ここから命の追跡が始まる

半島のさきから北の大地をめざし
飛び立つ
たどり着けるかわからないけれど
その場所が　汚されていないといい

地球を見守るものの眼差しは
小さいものの命を冷静に見据え
未来を探る

汚れた大地に

全ての命が曲がる日も　近い

＊北海道松前岬南端に環境庁山階鳥類研究所の環境モニタリング施設がある。

風がふいて

絶え間なく
筋をひいてしたたり落ちるものを
真夏の太陽にあぶられた地熱が
気化させていく
偶数の爪が抱える水泡も
破れて土にしみこんで　乾く

強い風に
土が巻き上げられ

牧草地を　越えていく
地上に敷かれた非常線を見下ろして
風に乗るものたちは
どこまでも運ばれていく

やっと終わるはずだった返済が
反故になって　男に深い皺を刻む
耐えてきた年月がなだれ落ちて
押しつぶされる暮し
持っていく場のない怒りは
真夏日の太陽も　気化できない

からっぽの牛舎を
風が吹きぬけて　いく

あの日

長方形に掘り返され
むき出しにされた土くれたちが
古い土地のなかで
ただひとつの新しさを主張しながら
白茶けて見るまに過去に置きかわる
夏は　そんなふうに過ぎた

四方に風のゆきかう場所には
二つの蹄をもつ無数の命が

思い思いにひしめいて
反芻される営みが
糸を引いて滴りおちている
そんな切りとられたある日の
あたりまえの一葉は
いまはアルバムのなかにしか
見当たらない

刷り上ったものがにおい
一日が追い立てられ
国中の視線が　注がれて
別れの決断をくだした　あの日
２０１０・７・１７

Ⅲ

はえる

異変がおきたのは
はたけの横に白い道ができてからだった
黒々とした土の上に
それは突然にはえはじめた

ほうれん草と交互に
毎日毎日　抜いても抜いても
それははえてくる

毎日毎日早朝に
びにーる袋を持って
はたけに出かけ収穫する
ほうれん草と違い価格は安定し
一年中　同じ値がつく

帰りに一缶のビールを買う楽しみ

はたけに水を撒きながら
たまには密度の高い重みをもつそれが
はえればいいのにと思うけれど
はえるのはいつも空洞を抱えるものばかり

ほうれん草の端境期のあいだも

立派に育ち続けるそれは
水遣りを忘れても枯れることは　ない

白い道を走る車が多い日ほど
発育が良いことに　気づく
暑い日も成長は著しく
隙間のないほどに　はえる

　暑い日にビール一缶をいっきに飲む

高速道路のちかくほど発育が良いという噂に
白い道の先インターチェンジ横のはたけを
買おうかと迷っている

海を　越えて

こんな日は
旅立ちの条件が　揃っている

この街に漂って一週間がすぎ　交差点に佇んでいる
のもそろそろ飽和状態のよう　わたくしたちは毎日
毎日毎日毎日鉄の寄せ集めから産み出され　街のど
こもかしこも埋め尽くし走りぬけ　この街を知り尽
くした　行かない街角はもはやない　気づかれずに
訪れて　忍び込みとおりぬけた家は　数えきれない

交差点でひとは　わたくしをとおし向こうを見ようとしては　瞳を凝らす　凝らしすぎた瞳からは　涙があふれるが向こう側はぼんやりとして　見えない

それでもひとは幸せのシンボルとなった　動く金属の箱を手に入れるために働きつづける　箱からうまれるわたくしたちは　なぜか気づかぬふりで無視される　溢れすぎたわたくしたちという存在　それでも追いつき追い越すを目標として掲げつづける　街

今日は　西風が強い
旅立ちは今　一気に海峡を越える
目指すは　かの国

それなのに　わたくしが近づくにつれ　視界は昏く
なり　街並みは輝かず　霞むばかりだ　かの国の国
びとはわたくしを指さし警報をならす　かつて　ロ
サンゼルスで「現代病」と呼ばれ　佐藤春夫に「毒
霞」と呼ばれた「ＥＮＭＵ」　どうやらそれが　わ
たくしの名らしい　口々に叫ぶ声で知らされる　名

ああ　叫んで倒れる　ひと　ひと
これからわたくしは
どこに旅立てば　よいのだろう

あなたは　知っているか

プラムディヤ・アナンタ・トゥール*
あなたは　知っているか

時空を潜《くぐ》っていくと
そこに煌く邑が　今もあることを
女たちの家に訪れる　男たち
分かち合う豊かさを
女から女に受け継ぐ暮しがあった

言葉巧みないかさま師は金持ちの手先で
ランプの灯火と「瞬かない光」を交換しようと
強引な話に乗せられてしまった　邑
大事な訴状も族長に握りつぶされ
守り育てた縁《えにし》の土地は
ただ同然で奪われて
家族は　邑を追われた
バブルの追い風が吹いたあの日

あの日生まれた娘が娘を産む年になっても
ゴム畑にゴムの木はなく
あてがわれた土地は他人のものとわかり
なりわいは奪われたまま
わずかな手持ちは喰い尽し

家族は離れ離れ　一族の誇りも消えはてた

そこでは「希望」は一度も生まれたことがない
怒りは　誰にぶつけたらいいのやら
それも命を引き換えにして

プラムディヤ・アナンタ・トゥール
あなたは　もういない

それでもやっと重い腰をあげ
自分の足で立ち上がろうというのに
あなたは　行ってしまった
壁に張り付いた密告の耳の気配
こちらの話を聞く耳はもういない

一緒に神輿を担いだ火付け役のその国よ
自分の手で耕し　自分の手で取り入れをする
貧しくても当たり前の邑の暮しを
返してください
役人と金持ちに騙される前の邑の暮しを
返してください

プラムディヤ・アナンタ・トゥール
あなたにも　見えるでしょう

瞳を凝らすと邑はあの日のままに
大きな水溜りの底に　きらきら輝いて
私たちを待っているのが

だからあなたの意志を継ぎ　声をあげます
ゴムの林に風がわたる
しずかな昼下がりを返して　と
その国の街角で　初めて　声をあげます

＊プラムディヤ・アナンタ・トゥール（一九二五〜二〇〇六）
インドネシアの小説家。幾度かの投獄にさらされ、民族の歴史を描いた小説は発売の度に発禁となる。代表作に『人間の大地』『すべての民族の子』（めこん）ほか。

ジャカルタに供給する電力ダム建設のためにわずかな立ち退き金で、多くの農民が土地を奪われその後の暮しが困窮した。二〇〇二年九月、政府がプラントを請け負った日本で初めて現状を訴えた。

その日

南の島の明るい日差しのなかで
現れたおびただしい黄色い蝶の群れに囲まれて
あの日に呼び戻される

山あいの細く続く道で
高い梢を舞うゼフィルスを手にいれること
それだけを思い
長いながい虫取り網を抱きしめる
図鑑で見つけた〈夢〉に今日はあえると

空ばかり見あげる私に
この山の向うへ行くのだと
緑の蝶が　突然告げる

とまどいながら
届かない蝶を
何処までも追う夏の日は
たった一匹〈夢〉を
わたしの手に　残した

告げられた言葉は
私を吹きぬけ
この島に　吹き寄せた

〈夢〉は
いくつにもなることを見せつけるために
蝶の群れは現れたのか
おびただしい〈夢〉にとりまかれ
ひとつひとつに飲みこまれる

燐分がきらきら舞いあがり
私に降りそそぐ

生臭い眩暈のなかで
いつしか私の軸がずれて　ゆく

額からは
触覚が　伸び始めている

ちょっと汚れたグラデーション

くすんだピンクのコートの着膨れたそのひとは
ピンクの袋をむっつ
ホームに並べて電車を待っていた

電車が来ると
右手にみっつ左手にみっつ袋を持って
ゆっくりと乗り込む

車両の端の三人がけのシートに座ると

袋は両足の前に丁寧に並べた
不ぞろいのピンクは
ちょっと汚れたグラデーションになり
ひとつだけ新しいものが鮮やかだ

そのひとの横は
いつまでも空間が広がったままで
ピンクのひとは眠りに入る

いつつ先の駅で扉が開いたとき
シルクのブラウスにカシミアのスカート
真珠のイヤリングのひとが
静かに同じシートに　座った

眠っていたピンクのひとが
気配で眼をさます
隣のひとは　真直ぐ前を見ている

ふたりの間には
おおきな川があって
静かにしずかに流れている

わたしは向かいの席で
その川の流れを
ただただ追うことしかできなくて

次の駅でピンクのひとは降りていった
ピンクの袋をしっかり持って

ゆっくり　降りていった
もう隣のひとを見なかった

猫

東の森で　黒い翼のものたちが　確認の点呼
をとっている　その声に　となりの猫の声が
混じる　猫は　今日もなにかを　探している

噂は
ひそかにひそかに
囁かれた

となりの主の　姿がきえた

木枯らしが吹き始めたころ　終日　猫が鳴い
ていた日があった　屋根のうえの　黒い翼に
からかわれながらも　追い払う努力を続けて

足の不自由な男は
コツッ　と音を響かせる金の杖を持ち
猫を従え
定刻の散歩を楽しんだ

杖を振りあげて　鷹揚に挨拶をくり返す男に
初めは戸惑いながらも　隣人たちは　挨拶を
返したものだ　それが慣例になってから十年

一月は　木枯らしに遮られ
二月は鬼を追いかけて
男は　散歩に　出かけない

猫は　ひとりで散歩に出ていった

散歩に出た猫が　向かいの家を覗き　とうとう入りこんで一部屋ずつ確めて　寂しそうに出ていった話をきいたのは　桜の散る季節で

花見の季節が　出かけない男の存在を思い出させた　訝しく思い始めた時　噂はさざなみのように地域を押し流し　広がっていったが

その家では
収集日に大量の塵を出し
妻は勤めに出かけ
近くの孫たちが　夕餉に訪れる日課
変わらない営みが
つづいている

噂は
ひそかに　ひそかに
囁きつづけられる

猫が　散歩に出かける

ふと見ると

ベッドがひとつ
庭で　朽ちている

あとがき

前詩集『指を背にあてて』を出版してから十二年の時が過ぎた。家族に喜びと哀しみ、次々と様々な出来事が押しよせたためである。

十二年分の作品は量も多く内容も多岐にわたり、詩集を編むことに躊躇していたが、八木忠栄氏に背中を押していただき出版することができた。

作品に対し、合評の場でいつも的確なアドバイスをいただいた詩誌「ERA」・「樹氷」の同人と、書く場を提供してくださった詩誌「交野が原」の金堀則夫氏に感謝いたします。そして詩集を丁寧に編集して下さった思潮社編集部・久保希梨子氏に心から御礼申し上げます。

二〇一八年八月吉日

田中眞由美

田中眞由美（たなか・まゆみ）

長野県松本市に生まれる

詩集
『インドネシア語と　遊んでみま詩た』花神社、一九九一年
『降りしきる常識たち』花神社、二〇〇一年
『指を背にあてて』土曜美術社出版販売、二〇〇六年
第六回「詩と創造」賞・第十九回長野県詩人会賞
第十一回上野の森美術館「日本の自然を描く」展佳作入賞

待《ま》ち伏《ぶ》せる明日《あした》

著　者　田中眞由美《たなかまゆみ》
発行者　小田久郎
発行所　株式会社思潮社
〒一六二―〇八四二　東京都新宿区市谷砂土原町三―十五
電話〇三（三二六七）八一五三（営業）・八一四一（編集）
ＦＡＸ〇三（三二六七）八一四二
印刷所　三報社印刷株式会社
製本所　小高製本工業株式会社
発行日　二〇一八年十月十九日